Saint-Exupéry

Lettere di giovinezza all'amica inventata

prefazione di
Renée de Saussine

Passigli Editori

Titolo originale: *Lettres de jeunesse à l'amie inconnue*

Traduzione dal francese di Maria Cristina Marinelli

PREFAZIONE

Dieci anni di gioventù e di amicizie. Tra i venti e i trenta anni. Un periodo di sensibilità ultrasonica, di stramberie e di battaglie spesso patetiche. In seguito Antoine, aviatore, scrittore illustre, troverà la sua unità, la sua strada, la gloria — patetica anch'essa.

Sfogliando queste lettere, mille tonalità diverse di ricordi tornano alla memoria... dall'impressione, sempre profonda, all'emozione intensa. Mi ricordo un suo gesto, forse il più familiare: teneva una sigaretta tra l'indice sinistro e il medio e contemporaneamente la scatola dei fiammiferi. Ne accendeva uno con la destra e la fiamma allora l'illuminava da sotto poi tremolava e moriva. Quel corpo atletico, quel viso da *Gilles* di Wattau si allungavano, si spegnevano nell'ombra.

Ci voleva sempre tanto per cominciare una frase o un sonetto, difendere una posizione con veemenza anche se con voce sorda, e c'era sempre troppo poco tempo per concludere. Del resto non si concludeva mai perché non si era mai d'accordo. E allora ricominciava il traffico di Antoine, il portacenere traboccava di fiammiferi che formavano un piccolo braciere sotto la sigaretta intatta.

In casa mia i pareri su Antoine erano discordi:

— Che ragazzo meraviglioso! diceva mio padre.

Mia madre e le sorelle più grandi invece erano meravigliate del suo mutismo.

Ma dietro quella barriera di silenzio che tutti i ragazzi innalzano o abbattono con tanta facilità, noi più giovani lo ritrovavamo.

Antoine andava allo stesso collegio di mio fratello: l'École Bossuet che poi conduceva al Liceo Saint Louis. Di lui i compagni dicevano:

— Che tipo! Vive di caffellatte per potersi comprare un sestante. In studio scrive racconti. Diventerà qualcuno.

Tutti ragazzi spensierati che preparavano l'ammissione all'École Navale adottando, secondo l'espressione di un professore, «un metodo perfezionato per perder tempo».

Un giorno di sciopero dei trasporti, mio fratello Bertrand, detto B.B. o B2, trattenne a pranzo due di loro. Nel giro di sette ore sostituivano gli scioperanti sugli autobus. Antoine e Bertrand controllavano i biglietti? Non ricordo più. Il terzo ladrone guidava la vettura. (Lo chiameremo *Eusebio* visto che il genere commedia de Musset gli va a pennello). Ma quel giorno c'era andata di mezzo una venditrice di arance, o quanto meno il suo carretto; le arance ingrombravano ancora il boulevard Saint-Germain.

Sapevamo che Antoine scriveva. Così nel pomeriggio ci lesse un suo dramma in versi. Principi briganti abbagliavano e terrorizzavano con le loro peripezie un regno immaginario... L'autore declamava, una ciocca di capelli neri sull'occhio e tagliacarte in mano. Che pugnale! Non ricordavo già più l'affare delle arance.

Due anni più tardi Antoine fu bocciato al concorso dell'École Navale. Quale carriera avrebbe dunque intrapreso? Se ne discuteva spesso nel piccolo gruppo d'amici. Era l'estate di Parigi. Se la matematica aveva risentito del caldo, questo favoriva ora le lunghe conversazioni sulle terrazze dei caffè. Saint-Germain-des-Près era diventato il nostro quartier generale e nei ricordi parigini di Antoine le sue *brasseries* terranno sempre un posto d'onore:

— Vi ricordate di quel ragazzo da Lipp che si disegnava a matita i capelli sulla testa? E le scatole vuote di Craven o di Lucky che chiedeva per la figlia che così al mattino giocava e lui poteva dormire...

Oppure a casa, in via Saint-Guillaume: le sedute musicali lo vedevano ascoltatore assorto e appassionato. A volte imbracciava il mio violino e improvvisava, genere demiurgo, poi di colpo:

— Andiamo al cinema.

Ricordo Charlie Chaplin commentato da lui in *Le Pélerin*. Che scoperta!

I suoi discorsi lasciavano l'eco, quando Antoine si degnava di parlare. Anche ora penso a un certo sonetto... Che fissava l'immagine del poeta sul profilo aguzzo d'una città.

Un solo uccello vi si potrebbe posare

scandiva Antoine così sensibile alla cadenza da arrischiare questo consiglio pericoloso:

— Meglio un errore di francese che uno di ritmo!

E ricominciavano le discussioni nelle quali faceva la parte del diavolo davanti all'incorruttibile *Eusebio*. Questi sarebbe poi rimasto il suo migliore amico ma non facevano che stuzzicarsi. Rassicurata sul piano della letteratura, un giorno mi arrischiai a chiedergli consiglio. Ebbi di meglio. Dopo un segno di simpatia e di amicizia, ebbi una risposta scritta, una professione di fede.

Fu la prima lettera che ricevetti da Antoine.

Arriva il momento del servizio militare. Mio fratello è in marina, *Eusebio* alpino, Antoine aviatore.

Al Bourget, il sottoluogotenente del 33mo aviazione si dà all'acrobazia. Benché già fidanzato, fa follie, vola raso terra. Lo chiamano 'il condannato a morte'. Una domenica mentre vola a bassa quota sui *faubourgs*, un guasto al serbatoio provoca una perdita di velocità e poi il capovolgimento. Frattura del cranio; lunga convalescenza; liti con la famiglia della fidanzata benché rassegni le auspicate dimissioni.

Che fare? bisogna lavorare perché Antoine, come si suol dire, deve sbarcare il lunario. La famiglia, di ottima origine meridionale, è lontana. Deve cavarsela da solo.

Ed ecco Saint-Exupéry seduto dietro a una scrivania. Quella della Société des Tuileries di Boiron:

— Mi torna come un vestito con lo strascico!

La sua malinconia cresce con il crescere dei numeri incolonnati. Per piantare tutto in asso, entra in un'altra società, quella dei Camion Saurer.

Ora Saint-Exupéry è rappresentante in cinque tonnellate. Almeno viaggia, scopre fino al più piccolo paesino della provincia francese.

Ben presto ricevo una lettera da Dompierre-sur-Besbre (2)[1].

In compagnia di *Eusebio* che l'ha raggiunto, Antoine prosegue il viaggio nel Morvan. Poi è la volta della Creuse. Solo, questa volta (3, 4).

---

[1] I numeri fra parentesi rimandano ai numeri delle lettere qui pubblicate (*N.d.T.*).

A Parigi «Saint-Exu» ci mancava... Grazie a Dio il digiuno di scambi d'amicizia veniva interrotto dai suoi ritorni. E allora ricominciavano gli incontri a Saint-Germain-des-Près, da Lipp, alla pasticceria *A la dame blanche.*

Il locale risuonava delle nostre discussioni. Quando le date coincidevano, si rivedevano l'ex pilota e mio fratello marinaio, in licenza da Brest. Lui portava con sé qualche compagno e la discussione si allargava. Tra questi marinai ce ne era uno chiamato Albert, un po' scapestrato, polemico e grande amante dei dolci:

— Signorina! chiamava appena seduto alla *Dame blanche*, signorina! dei babà prego.

Annusati i babà:

— Signorina che rhum c'è dentro?

— Ma, signor di D... del rhum per babà.

— No, signorina. Vuole chiamarmi la cassiera?

— ...

— Signora, è inammissibile usare quel genere di sciroppo per dei babà. Vuole chiamarmi il direttore?

— Ma signor di D...

Arriva il direttore.

— Signore, ho mangiato i suoi babà controvoglia e non posso mandar giù il conto. Desidero che lo sappia, il suo rhum per babà... è alcool buono per la conservazione di feti. Buongiorno, signore.

— Non amo la polemica, concludeva Antoine meno ardito, ma devo applaudire la genialità dell'insolenza.

Un'altra volta *La dame blanche* ci riceve, mia sorella Laure, Antoine e me. All'ordine del giorno ci sono i consigli letterari ma la conversazione va a finire su Pirandello di cui i Pitoeff rappresentano *Così è se vi pare* alla Comédie des Champs Elysées. Nel giro di qualche minuto le cameriere della pasticceria si trasformano in statue di sale davanti alla veemenza della discussione...

Eppure tutto era cominciato così bene! Antoine, felice del suo soggiorno parigino, rendeva l'accoglienza degli amici più vivace:

— Lei è un porto per me, Rinette!

— Un porco. Saint-Antoine?

— Ah è troppo.

Arrossiva furibondo, intenerito, curioso dei nostri divertimenti primaverili.

A questo punto entrò in ballo Pirandello a guastar la festa. Al solo sentir pronunciarne il nome, vidi una nube oscurare la fronte di Antoine, un velo scendere sui suoi occhi. Quei grandi occhi neri, meravigliosi di integrità, un po' in tralice come quelli dei pesci.

— Ah! sospirò.

Mia sorella incalzava e io dietro:

— Abbiamo visto *La belle aventure*, *Arsène*

Lupin. Ma che esplosione sul palcoscenico, una storia non più d'amore o poliziesca ma di filosofia e molto più appassionante!

— Hum! grugniva Antoine scurendosi a vista d'occhio.

— Bisogna tornare a Ibsen per ritrovare un interesse del genere —, continuò con slancio mia sorella inconsapevole della tempesta che si andava preparando.

Antoine impallidì:

— Puah, fece soffiando... Come può azzardare un paragone simile? Il «suo» Pirandello, è una metafisica da portiera.

Si alzò di scatto facendo cadere a terra un cucchiaino che con il suo tintinnio risvegliò le statue di sale.

Gli addii furono un po' freddi sul marciapiede del boulevard Saint-Germain.

Perché quell'improvviso furore? Di Ibsen conservavo il ricordo di *Anitra selvatica* che mi aveva molto colpito. Ma era forse un blasfemo l'esistenza di un'altra potenza drammatica? Quanto alla metafisica, Pirandello e il suo pubblico, tra cui noi, la facevano senza rendersene conto. Restava l'epiteto di «portiera». Quello era il più duro da ingoiare.

Ma ne soffrì anche lui: deve aver passato buona parte della notte a precisare la posizione del futuro Saint-Ex di fronte al problema non solo filosofico e letterario ma anche sociale. Il tutto preceduto dai consigli che gli avevo chiesto al caffè. E contenuti in una grossa lettera portata alle otto del mattino (5).

Anche gli affari vogliono la loro parte. Non si vive *A la dame blanche* di babà, di gelati e di filosofia. Antoine non aveva venduto un solo camion in un anno. I dirigenti della compagnia Saurer lo trovavano simpatico ma poco pratico.

Ma nel firmamento delle lettere la sua stella sale. Una cugina di Saint-Exupéry, personalmente dedita alle scienze, riserva a molti scrittori un'accoglienza da gran dama e da amica[1]. Da lei Antoine incontra André Gide, Ramon Fernandez, Gaston Gallimard suo futuro editore. E poi, attraverso di loro, Paul Valéry, Léon-Paul Fargue e tutta la *Nouvelle Revue Française*... Uno dei collaboratori, Jean Prévost, si occupa anche di nuove pubblicazioni. Parlando con Antoine è colpito dalla nostalgia dell'aria che divora il giovane ex pilota. Con quali parole la esprime! Con che vigore!

— Tutto ciò dovrebbe scriverlo.

— Crede?

Ben presto Jean Prévost, segretario di reda-

---

[1] Yvonne de Lestrange, a quell'epoca (1925-1926) duchessa di Trevisée.

zione del *Navir d'argent*, presenta a Adrienne Monnier, direttrice-fondatrice, un giovane autore, Antoine de Saint-Exupéry. Il lungo racconto *L'aviatore* uscirà non solo sulla rivista[1], ma anche nella calda atmosfera degli *Amis des livres*, 7 rue de l'Odeon, la libreria di Adrienne Monnier rimasta celebre anche in seguito.

È dolce essere scoperto e apprezzato così:

— Vorrei tanto essere felice, comunque! esclama qualche volta. Ma la sera è duro ripartire per la provincia.

Di quel mestiere di rappresentante noi amici soffrivamo quanto lui. Per me Antoine era come un eroe di Balzac, lo vedevo andare, armato della punta della sua penna d'oro alla conquista della gloria, di Parigi e del mondo che in effetti un giorno avrebbe avuto ai suoi piedi. Quando mi meravigliavo con lui che dopo questo primo successo non scegliesse semplicemente la carriera letteraria, mi rispondeva:

— Prima di scrivere bisogna vivere.

Mirabile eco di un'altra frase già formulata:

— Scrivere è una conseguenza!

Di nuovo si guarda intorno. Un suo vecchio professore conosce l'amministratore della Compa-

---

[1] Prima versione di *Courier Sud*. È uscito nel numero del 1° aprile 1926 — n. 11 di questa rivista — Testo accompagnato da una nota di presentazione di Jean Prévost.

gnie Latécoère. Entreranno in servizio nuovi aerei postali, commerciali e si cercano nuovi piloti. Antoine sente l'antico richiamo guadagnare il suo avvenire. La decisione è presa: basta con gli uffici, il commercio, i camions!

— Avevo un solo capitale da arrischiare, spiegherà lucido, la pelle.

La sua domanda di assunzione è spedita. Poi affretta gli addii (6, 7, 8).

Antoine ormai lontano e noi, i suoi amici, scrivevamo. Io scrivevo. Ma non abbastanza. Non abbastanza in fretta. Quel fluido anti-solitudine che reclamava, a noi serviva il tempo di rifarlo, come ai guaritori.

E le lettere si incrociavano, noi senza liberare sufficientemente dall' 'amore d'amicizia' l'amore solo, che va più in fretta. Lui inviandoci da Toulouse, suo porto d'approdo, le prime impressioni di una nuova esistenza (9, 10, 11).

Basta una sola dissonanza o un silenzio perché i temi più urgenti della natura profonda di Antoine facciano la loro comparsa. *Malinconia*: «originalità fisica dovuta al genio», dice Goethe; disgrazia, quella vulnerabilità del poeta di fronte agli choc della vita, ma anche via che gli permette di ascoltare voci celesti; *solitudine* ombrosa o, secondo lui, «quasi meravigliosa»; ricerca ansiosa del «senso della vita»; sintonia, non priva di contrasti, con la *natura*: influenza del tempo, lotta con gli elementi, distensione rapita davanti al loro sorriso. E sgorgherà allora tutto l'umore e l'amore per la vita. Richiamo, sempre onnipotente, del *mestiere*, del *pericolo* che cresce a mano a mano che si spingerà sempre più avanti.

La lettera che precisa tutto ciò è di tale portata che lo stesso Antoine vi ravvisa un primo contatto con la morte della quale peraltro non aveva alcuna paura metafisica:

— È come nascere.

E ne parlava spesso.

Ma quella volta, d'improvviso gli si parò davanti:

— ...Una cognizione nuova, indefinibile.

Come per accingersi a un terribile passo, indietreggia fino alla più remota infanzia, ne cerca lo slancio: — Mi ricorda i sogni di partenza di quand'ero piccolo.

C'è ancora un altro al di là che gli sembra paragonabile alla morte. Ugualmente ermetico, inaccessibile. È l'universo del cuore: — Mi ricorda un viso... Ho sentito il momento esatto della distrazione.

È l'istante del *Lesione, Impossibile evitare la caduta*, annotati ieri tra cielo e terra. È la comparsa dell'angoscia (12, 13).

Se si paragonasse a uno stradivarius, il suono

umano e poetico di Antoine andrebbe attribuito alla qualità dell'anima. Come nel prezioso strumento, la perfetta messa a punto di quella fonte vibrante consente tutto. L'incredibile pressione delle corde, del braccio, dell'archetto, questa prova, «l'anima» la sopporta, la corona di un canto.

Ma la corda grave non può sempre rispondere. Nel gioco del grande artista che è già Saint-Exupéry compaiono, brillanti e dispettose, tenere variazioni sull'altra vecchia amica, la provincia. «Tonio è un provinciale», diceva Léon-Paul Fargue. Il legame poteva certo dissolversi ma la traccia sentimentale restava.

A volte disegna vere e proprie scenografie. Balletti regionali ognuno con la sua vedette. Vedremo il chiosco dei giornali e la tabaccaia di Toulouse, Pepita l'affittacamere spagnola. E poi la cittadina andalusa dove scintilla la notte del 1° gennaio. E le Carmen d'Alicante e le merciaie di Perpignan (15, 16, 17, 18).

Ora Antoine assicura la posta regolare fino a Dakar; a dispetto dello stato degli apparecchi e dei motori e malgrado l'ostilità degli Arabi. Alcune tribù non sono sottomesse e tirano sugli aeroplani. Trattengono i piloti per ottenerne il riscatto e li torturano.

Fino a poco prima la vita in comune gli pesava:

«Ho troppo bisogno di essere libero.» Ora la minaccia che è sopra i suoi compagni gli impedisce di dormire. Sorvolano una mezza-guerra e la profonda solidarietà che nasce in Africa durerà e crescerà. All'interno di questa fratellanza i tratti di Antoine, di Saint-Exu, pian piano si sciolgono e diventano quelli ormai leggendari di Saint-Ex.

Nominato ben presto comandante a Cap-Juby, ciò che lo aspetta è una capanna di legno; addossata a un forte spagnolo; scalo in pieno deserto, in pieno conflitto. Riparazioni sotto il fuoco dei fucili dei «rezzous». Battaglie o trattati con i Mori. Persuasione degli spagnoli, possibili alleati.

— Che Capodanno pieno di promesse!, esclamava in una notte incantata, il 1° gennaio 1927. Due giorni dopo, il 3, era la veglia d'armi e la sua immagine sballottata, disgregata, gli sfugge ancora:

—Sono in balia dei venti... non mi riconosco più...

Ma perché Saint-Ex armato cavaliere si rialzi e se ne vada a pacificare i Mori, il collegiale, il paggio, il piccolo principe, loro, devono addormentarsi (19, 20).

Nella primavera del 1929 l'Africa è conquistata. Ci sono voluti due anni. Arrivano i racconti, le testimonianze. Saint-Ex ricorda un eroe del medioevo al forte di Cap-Juby. In pieno conflitto tra Agadir e Cisneros, esige dal cielo torrido l'arrivo e la partenza dei suoi aerei. Facendo di tutto per garantirne la sicurezza. Solo nel suo rifugio sperduto; nella cella di legno; nella veste da camera rimasta celebre:

— Che vita da monaco, la mia!

Da capo soprattutto. In aereo, in cammello, a piedi, mille volte ha rischiato la vita. Ha ingaggiato battaglie sanguinose e diplomatiche, salvato piloti in pericolo di vita, pianto le vittime. Ha sottomesso o vinto i nemici, persuaso gli Spagnoli dell'urgenza di un appoggio. Raggiante d'aura. Splendente ancora più che guerresco. Le fronti si inchinarono davanti a quella crociata.

Allora Saint-Exupéry ottiene un congedo per tornare in Francia. Non ha forse realizzato insieme alla propria, l'unità del gruppo, dell'équipe? Tornato a Parigi si stringe al petto il manoscritto del *Courier sud*, omaggio ai primi martiri della linea.

Resta ancora una tappa da superare.

Tornato a Parigi, Antoine è nominato direttore dell'Aéropostale argentino. Nell'autunno del 1929 deve raggiungere Buenos Aires. Si tratta di progettare, aprire delle linee fino alla Terra del Fuoco. Questa è la prossima tappa. Per Antoine quel salto sull'Atlantico è la curva armoniosa del suo splendore, la freccia d'oro che ancora gli manca: la riuscita.

Il racconto delle imprese di «Saint-Ex» esce dalla cerchia dei compagni e degli amici per guadagnare gli sconosciuti, altri paesi. In quindici anni, compresa la guerra e una crudele apoteosi, la sua epopea di aviatore diventerà leggenda. I suoi libri saranno coronati da premi. *Vol de nuit*, *Terre des hommes*, *Pilote de guerre*, *Lettre à un otage*, *Le petit prince*, *Citadelle*, conosceranno una gloria non solo letteraria ma anche popolare, mondiale.

E sembra che, distratto, il piccolo principe abbia presentito in questa gloria niente altro che un ultimo distacco (21, 22, 23, 24, 25).

Renée de Saussine

LETTERE DI GIOVINEZZA ALL'AMICA INVENTATA 1923-1931

1

Rinette,

la mia distrazione è davvero imperdonabile, ho ancora io il racconto, ma alla mia dimenticanza devo la fotografia di un luogo delizioso e così non sono pentito.

Le ho telefonato domenica per scusarmi ma lei non c'era e così ho saputo da M.me di Saussine del suo lutto. Non posso che ricordarle la mia amicizia di sempre e offrirle tutta la mia partecipazione.

Ieri ho assistito al trionfo del bell'*Eusebio*. Davanti a una sala gremita raccontava come si scalano montagne più scoscese di campanili. Parlava del suo eroismo con negligenza e le signore fremevano. Il racconto non era male ma le descrizioni, Rinette... Alle «cime sublimi», al cielo, all'aurora, al tramonto, dava colori smielati e caramellosi. I picchi erano rosa, gli orizzonti lattiginosi e le rocce indorate dai primi bagliori del sole. Il paesaggio aveva un'aria commestibile insomma. Ascoltandolo pensavo alla sobrietà del suo racconto. Biso-

---

Lettera non datata, presumibilmente dell'autunno 1923.

gna lavorare Rinette. Lei lascia emergere l'elemento peculiare di ogni cosa e gli consente vita propria. Gli oggetti in *Eusebio* restano astratti. Sono «la Cima, il Tramonto, l'Aurora». Tutte cose che sembrano uscite da un magazzino di accessori. Più li descrive più sono impersonali.

È il metodo che è sbagliato o piuttosto la visione che è assente. Non si deve imparare a scrivere ma a vedere. Scrivere è una conseguenza. Lui invece prende un oggetto e cerca di abbellirlo. Le parole diventano strati di pittura. Anziché liberare l'essenza, lui aggiunge ornamenti arbitrari. A proposito di un picco parlerà di Dio, del color malva e delle aquile. E di volta in volta ti sentirai elevato, intenerito e sgomento. Ma è un trucco. Bisogna invece chiedersi: «Come posso rendere quell'impressione?» I soggetti nascono dalla reazione che producono in noi, sono descritti nel nostro profondo. Solo che non si tratta più di un gioco.

Le parlo di *Eusebio* perché i suoi difetti, mettono in risalto per contrasto le qualità che lei ha e che deve coltivare. Parta sempre da una impressione. È impossibile che sia banale. Nel suo racconto ci sarà un legame interno. E non sarà fatto di pezzi cuciti insieme. Basta guardare a come sono sostenuti anche i monologhi più incoerenti di Dostojevskij, che impressione di logica e di necessità lasciano. Il legame è interno. E invece quanti altri personaggi, la cui psicologia ben costruita potrebbe ambire a grandi onori, risultano arbitrari nelle parole che dicono, nei gesti che fanno malgrado la logica esterna. Sono costruzioni artificiali, come le montagne di *Eusebio*. Non si può creare un personaggio vivo attaccandogli qualità e difetti e deducendone poi il romanzo, bisogna invece esprimere impressioni sperimentate. Anche un'impressione semplice come la gioia è troppo complessa per essere inventata, se non ci si vuole accontentare di dire del proprio eroe «era felice», che non esprime niente di specificamente individuale. Nessuna gioia assomiglia a un'altra. Ed è proprio questa differenza, la vita di questa gioia, che bisogna esprimere. Naturalmente senza diventare pedanti. Bisogna esprimerla attraverso le conseguenze, le reazioni dell'individuo. E allora non si avrà neanche bisogno di dire «era felice», la gioia nascerà da se stessa, con la sua individualità, come quella gioia che si prova e che nessuna parola può esprimere perfettamente. Se si trova che la parola gioia esprime bene quella del proprio eroe vuol dire che è artificiale, che non si ha niente da dire.

Ho l'impressione di essere ridicolo, mi fermo. Nel piccolo bistrot dal quale scrivo, una pianola sta suonando un motivo sentimentale. La cassiera ne segue il ritmo ondeggiando da destra a sinistra. Il proprietario, senza più desideri, sbadiglia. Il cameriere tossicchia e mi gira intorno perché sono l'ultimo cliente e lui ha sonno — fa tristezza. Mi sento di troppo, me ne vado.

Non l'ho ringraziata, Rinette, per avermi suonato quelle pagine di Bach, l'altro giorno. Io non so ringraziare, ma mi ha fatto un immenso piacere.

Il cameriere, Rinette, si è piantato davanti a me e agita la salvietta come fosse una scopa.

Allora addio, Rinette.

Antoine

2

Dompierre-sur-Besbre

Rinette, perdoni il foglio del minuscolo caffè da dove le scrivo. È un albergo del buon tempo antico dove mi sono rifugiato per una tempesta di neve talmente fitta che non sapevo dove andavo.

Sembravo un pellegrino con il mio bel mantello bianco.

Che gente questi paesani tra i quali mi muovo! A Montluçon è venuto a trovarmi un amico in macchina e abbiamo girato insieme. Arrivati qui la sera alle nove, abbiamo saputo che i giovani del paese davano un grande spettacolo al Municipio. Ci siamo andati. Subito siamo stati accolti nell'intimità di Dompierre-sur-Besbre. Stretti tra una grassa droghiera e il farmacista, in cinque minuti abbiamo saputo il nome del tenore, le scappate della figlia dell'assessore e l'accento del luogo. Che familiarità! In quell'atmosfera ci siamo commossi ad ogni canzone patriottica. Una fetta di sentimenti che bisognava venire fin qui per trovare, intatta nel suo vocabolario un po' vecchiotto e pieno di fascino. «I Germani» «i guerrieri barbari» «l'imperator fellone». E poi una visita dall'antiquario dove con tenerezza abbiamo ritrovato i gioielli rococo delle nostre nonne.

Una banda, Rinette, con tutti gli ottoni! Vi soffiavano dentro a più non posso dei collegiali foruncolosi e nei fortissimo temevamo per le loro guance.

Un guasto elettrico, le bugie, le risatine soffocate, le conversazioni tra gli attori sulla scena e i genitori in sala «Ah, sei tu Marcello!— Sì... mi cade la barba!» Ma viene riattaccata in famiglia. E le nostre confidenze, Rinette, alla droghiera, al farmacista...

Siamo ripartiti a mezzanotte, Rinette, felici di aver sorpreso Dompierre a tradimento, di non essere passati dalla stazione, dall'hotel del leone d'oro con il sorriso d'un gestore immigrato.

Ho accompagnato il mio amico fino a Roanne perché è miope e la notte prende per bestiame qualsiasi riflesso sulla strada. L'ho portato a tutta velocità attraverso i paesini addormentati. Le case basse e strette l'una all'altra.

E poi Roanne, che arrivo lugubre. Dapprima un'enorme fabbrica all'orizzonte, grandi finestre a vetrate geometriche scarsamente illuminate. Poi una seconda fabbrica e una terza. Pioveva, erano le due del mattino e non si vedevano che queste fabbriche e le pozze d'acqua metalliche davanti ai fari. Poi strade illuminate a gas ogni cento metri come sulle mura. Una fila interminabile di case quadrate. Ogni tanto un'insegna scrostata «biciclette». Nessuno per strada. Finalmente un hotel davanti alla stazione dove vado a dormire in attesa del treno che mi riporterà nel principato di Dompierre-sur-Besbre. Roanne... un nome dal suono gaio e accogliente che le sta proprio bene.

Non nevica più. Il cielo si è aperto. Grazie a lei domani rientro a Montluçon. La città consiste in un viale — de Courtais — dove si va a passeggio alle cinque del pomeriggio come al Bois. Innumerevoli sartine lentamente rientrano affiancate da ciclisti in maglia che sono i gigolo locali.

Avendo saputo di un dancing a Montluçon, sabato scorso siamo andati. Doveva essere divertente un dancing a Montluçon... Ahimè. Niente barman, né cocktail, né jazz. Un ballo di sottoprefettura dove si ballava il valzer sotto lo sguardo severo delle madri. La gente ci chiedeva «E la signora? e la figliola, come stanno?» Le «signore» sedevano tutto intorno alla sala. La vecchia guardia. Ruminavano tranquillamente. Le «figliole» in rosa o celeste, volteggiavano al centro tra le braccia dei ciclisti. Le madri sembravano la giuria. I ciclisti sfoggiavano degli smoking nuovi e rigidi che sapevano di naftalina. Si rimiravano in tutti gli specchi, si sistemavano i polsini e ruotavano il collo perché il colletto li infastidiva. Erano felici.

Sono anche andato da solo a Argenton-sur-Creuse. Un grazioso paesino. L'unico rumore è quello di un tram a vapore che ogni quattro ore scorre su minuscole rotaie come un giocattolo. C'era un tempo meraviglioso e mi sono messo a vagabondare. Dalle botteghe di barbiere veniva un profumo di fresco, e anche dalle latterie e dai negozi di frutta. Infine mi sono seduto sul parapetto di un vecchio ponte di pietra. Ho posato il cappello accanto a me e ho provato una sensazione profonda di libertà. Anche il cappello —ora sta navigando verso l'America. L'ho visto volar via lentamente, girare con cognizione di causa e sparire. Non ero indispettito, ero malinconico.

Sono andato a comprarne un altro. La cappellaia era anche modista. Una fanciulla tranquilla e graziosa. Le ho fatto un po' di corte seduto sul tavolo. Mi ha parlato di «sua zia» e di «suo cugino» come se fossero vecchie conoscenze comuni. Con grande interesse le ho chiesto «È vecchia sua zia?» Mi ha risposto «Oh! andiamo...» Non avevo capito neanche che la zia era giovane! Non ho più chiesto niente, ho detto «sì...» con aria di intesa e poi me ne sono andato per la mia strada.

La lascio, Rinette, parto per Moulins da dove spedirò la lettera. Mi risponda due righe al fermo posta di Montluçon, va bene? La rue Saint-Guillaume è troppo lontana.

La prego di presentare i miei omaggi a M.me de Saussine e credere, cara vecchia Rinette, all'amicizia di sempre.

Antoine

3

Il Morvan illustrato: vecchia capanna. Cartolina di Antoine e X... (Eusebio).

Antoine:

Cara amica,

Stiamo pranzando. Volevamo invitarla ma è un po' scomodo. Peccato perché Eusebio è casualmente di buon umore.

Eusebio:

Direi altrettanto di Antoine che si è appena bruciato il dito giocando con il fuoco e la vorrebbe come infermiera, dolce Rinette.

Antoine:

Eusebio è tutto contento della sua frase. Se lo vedesse con la sua aria vanesia...

Eusebio:

Per scrivere questa scemenza Antoine ha invaso la parte della cartolina riservata all'indirizzo. Così la sua incoerenza ci porta alla rovina (40 c.).

Antoine:

Tocca a me essere gentile: cosa non faremmo

per lei.

Eusebio:

Antoine si vanta. Ha detto che pranzava. Non è vero: aspettiamo, anche parecchio.

Antoine:

Sì, ma beviamo.

Il Morvan illustrato (II): Castello di Chastellux. Veduta panoramica.

Antoine:

L'altra cartolina — quella suggestiva — l'ho scelta io, questa — che è pretenziosa — è quella di Eusebio.

Eusebio:

Ecco lo sciocco che sceglie le sue cartoline secondo la «foto»... Ci mettiamo a tavola.

Antoine:

Eusebio trascura gli amici per un paté di coniglio. Non c'è da vantarsi.

Eusebio:

Ogni cosa a suo tempo! Se lo vedesse come ha abbandonato la stilo per la forchetta, il grosso paffuto e come si abbuffa...

Antoine:

Ora sono io a seccarmi con *Eusebio*. È maleducato. Non ho più scrupoli a scrivere sul retro della sua cartolina gente-di-mondo. Rinette, ci riconciliamo per pensare alla rue Saint-Guillaume che è un vero rifugio e per ringraziarla della sua amicizia.

Antoine

Eusebio:

È l'unica cosa davvero sensata che sia riuscito a trovare, povero scemo! Lui, non lei.

4

Grand Hotel Central
Place Bonnyaud
Guéret (Creuse)

Guéret, il non ne ho idea 192...

Rinette, le scrivo due righe. Penso che non mi risponderà. Non ho granché da raccontare, la mia vita è fatta di virate a grandissima velocità, di alberghi tutti uguali e della piazzetta di questa cittadina dove gli alberi sembrano scope.

Parto tra dieci minuti per duecento chilometri.

Ho lavorato, pensi, e forse ne è lei la causa, il mio manager... Ho fretta di leggerle il racconto che mi piace moltissimo! deve assolutamente piacerle altrimenti non scriverò mai più niente.

Sono un po' depresso: Parigi è lontana. Ho fatto la cura del silenzio.

In fondo forse avrà un po' di pietà del mio esilio?

Il suo vecchio Antoine

5

[Parigi]

Mia cara Rinette

Le restituisco il romanzo di M.me de... Unisco a questa lettera ciò che ne penso. Parlo anche dei difetti perché ci sono delle cose buone, altrimenti non me ne sarei neanche occupato. E poi le critiche sono del tutto personali e molti possono non condividere la mia concezione della letteratura. Cosa peraltro che mi è prodigiosamente indifferente.

Sono scontento perché mi rendo conto di essere stato un po' violento a proposito di Pirandello. È spiacevole anche. E poi mando giù male quel «metafisica da portiera». Non era per niente gradevole. Ma l'ho detto così spesso di Pirandello che m'è venuto alle labbra per abitudine. Poi una bella sensazione di gaffe.

Ma bisogna che le spieghi il mio pensiero perché in ogni caso si tratta di una questione importante che non si ha il diritto di eludere. Non posso considerare le idee come delle palle da tennis o una

---

Non datata. Presumibilmente della primavera 1925.

moneta di scambio mondano. Non ho qualità mondane. Non si gioca a pensare. E dunque se la conversazione cade su un argomento che mi sta a cuore, divento intransigente e ridicolo e ha ragione Eusebio a dire che con me non si può discutere. Ma se mi dispiace veramente quel «metafisica da portiera», in alcun modo mi dispiace di essere andato in collera.

Perché vede, Rinette, prima ancora di affrontare la questione letteraria, non si ha il diritto di paragonare un uomo come Ibsen a un signore come Pirandello. Da una parte c'è un individuo costantemente impegnato su temi di natura elevata. Ha avuto un ruolo sociale, un ruolo morale, un'influenza. Ha scritto per far capire alla gente quello che non voleva capire. Ha affrontato problemi profondi, e in particolare quello della donna, in un modo che ritengo meraviglioso. Insomma Ibsen, che sia riuscito o no, ha cercato di fornirci un nutrimento e non un nuovo gioco della tombola. La sua opera si muove su un piano umano. Sei interessato direttamente sia alla sua verità che ai suoi errori, almeno se ritieni che la tua vita interiore costituisca l'essenza della vita.

E dall'altra parte c'è Pirandello che è forse un grande uomo di teatro – e ne parlerò subito – ma che è stato creato e inviato sulla terra per distrarre la buona società, per permetterle di giocare con la metafisica come giocava già con la politica, le idee generali e i drammi dell'adulterio. Non è più stupido del bridge. Ma non si ha il diritto di paragonarlo a Ibsen. Ibsen non cercava di incuriosire né di distrarre. Cercava di far capire le cose che riteneva vere. Nel caso suo, l'uomo supera l'opera quale che sia.

Avrà certo capito che non muovevo una critica personale né sostenevo un'opinione letteraria – sarebbe stata ingiustificata tanta violenza – ma che si tratta di una specie di questione morale.

Quanto al valore di Pirandello, diffido proprio di ciò per cui lei gli è grata. Le espongo i miei argomenti.

1) L'audacia di trasportare sulla scena un problema di metafisica. — Non è il primo. Un certo numero di idioti come Lenormand l'ha fatto prima di lui.

2) L'originalità del soggetto. — È un luogo comune da manuale. Perfino lo studente diciassettenne di filosofia che digerisce male la materia e fa una gran confusione, la sa più lunga. Prova addirittura un nobile orgoglio a negare il mondo esterno. (Ha solo dimenticato di imparare nel manuale il senso della parola esistenza).

3) L'interesse del soggetto. — Nessuno, nella commedia di Pirandello: o si rifà a luoghi comuni, neanche filosofici, o non ha alcun senso.

a) Un luogo comune: lei sa ancor prima di Pirandello che ognuno di noi è diverso per ciascuno dei suoi amici, perché ognuno di loro attiva in noi affinità differenti, e che un individuo è per un altro l'insieme delle reazioni che suscita in lui come, sul piano materiale, un tavolo è la somma delle reazioni visive e tattili che produce in noi. È chiaro che non abbiamo coscienza dell'«essere in sé» del «tavolo in sé». Lei sa prima di Pirandello che dieci testimoni forniscono dieci versioni diverse dello stesso evento. Non c'entra la metafisica.

b) Oppure il problema di Pirandello è realmente metafisico, concerne la «verità in sé» ma, mal posto, è privo di senso.

Prendo un problema analogo e più semplice, quello dell'esistenza del mondo esterno, del nostro tavolo per esempio. Esiste o non esiste «in sé»? Il lavoro da fare si compone di due momenti.

a) Comprensione esatta di ciò che si intende per «esistere» o «non esistere». Definizione esatta del termine «esistenza». È evidente che quand'anche si approdi alla non esistenza del mondo esterno, non si vuole certo sostenere che non si può urtare contro il tavolo. Esistenza qui ha un significato particolare.

b) Risoluzione del problema.

La prima parte è forse quella più delicata, richiede una robusta abitudine all'astrazione. Se la si elude, niente di ciò che verrà detto poi avrà senso. E per ciò che concerne la verità, Pirandello l'ha elusa. Non poteva agire diversamente. Come si può portare sulla scena qualcosa di tanto astratto, qualcosa che faccia così poco immagine? Il problema non si pone neanche. La sua commedia non può avere senso.

Ma meglio ancora: quand'anche l'avesse potuto trattare, avrebbe volontariamente eluso la definizione di verità.

Di fatto non è possibile passare dal problema metafisico all'emozione drammatica senza confondere i termini, senza imbrogliarsi da soli, trasponendo sul piano affettivo ciò che non ha nulla a che vedere con il sentimento. Lo studente che resta «sconvolto» nell'apprendere che il mondo esterno non esiste, si inganna sul senso della parola esistenza. Crede vagamente che imparerà a passare attraverso i muri o almeno qualcosa di analogo non meglio precisato. Crede che il suo studio attenga a dati concreti, alla sua vita pratica. E tutto ciò per ricavarne un'emozione truccata, una vertigine falsa.

Lo vede, l'errore? È elementare. Viene applicato alla definizione comune della parola «verità» e «esistenza», tutto un ragionamento che è applicabile solo alla sua definizione molto astratta in metafisica. Non si tratta assolutamente più della stessa questione. Vengono così sconvolte nozioni che non devono essere sconvolte perché sono vere sul loro piano che è quello dell'esperienza sensoriale.

Quando si dice «il tavolo esiste» si vuole dire «ho imparato fin dall'infanzia a provare in determinate situazioni un certo gruppo di reazioni e chiamo "tavolo" ciò che le causa». Non è né vero né falso: è un fatto. Non si può negare l'esistenza del tavolo.

In metafisica, al contrario, si definirebbe diversamente questa esistenza, ma proprio perché non si tratta più della stessa cosa, le conseguenze alle quali si arriva ragionando sul tavolo (senso metafisico) non son più applicabili al tavolo (senso comune), l'artificio drammatico consiste nel considerarle valide aggirando le definizioni. In questo modo vengono scalzate tutte le nozioni comuni dello spettatore che a questo punto viene preso da una grande vertigine.

È solo un trucco. Neanche tanto sofisticato perché un qualsiasi studente di filosofia o matematica ha fatto la stessa confusione centinaia di volte. Pirandello fa una bella insalata russa con i sensi diversi della parola «verità» e io rifiuto di trovare interessante quest'operazione. E quella sua specie di eroe che ha voluto ironico, superiore e scettico, è soltanto un imbecille. La prima qualità di un uomo intelligente è capire il linguaggio degli altri e l'uso che ne fanno. Ma siccome in quella commedia nessuno sa esattamente quello che vuole dire, si può continuare all'infinito.

4) Lei forse trova bello che abbia osato portare

sulla scena un problema metafisico piuttosto che le solite storie di donne. Non la penso così. Almeno le piccole storie di donne riguardano la gente. Ma se poi la gente vuol fare un po' di metafisica, si compri i libri e ci lavori su. Ma il fatto è che non desidera affatto capire la metafisica. Capire implica sforzo e non ripaga che con un *piacere intellettuale.* Se ne infischia. Ciò che vuole è appunto non capire più niente di niente, sentire rimescolato tutto ciò che sa. Allora dice: «come è strano...» e sente un brivido correre per la schiena.

Capisce perché trovo importante la questione Pirandello? Perché ritengo che tutto ciò vada al di là della semplice critica di una commedia? È una specie di problema morale.

Per lo stesso motivo la gente da qualche anno si è impadronita del povero Einstein. Voleva non capire più niente, provare un grande smarrimento, sentire «l'ala dell'ignoto». Per loro Einstein era una specie di fachiro. E in modo consapevolmente confuso, altri Pirandello trasponevano sul piano della conoscenza comune quei dati puramente matematici che, veri o falsi, in ogni caso hanno senso solo sul piano matematico. E la buona società non ne poteva fare a meno. Come se Einstein insegnasse una via più breve della linea dritta per andare dalla Concorde alla Bastiglia, un trucco per passare attraverso i muri o per andare indietro nel tempo.

Questo mi ricorda un bel viaggio: la moglie di

un comandante, vecchio aiutante d'anteguerra, era una piccola bottegaia timida che riparava le calze in un angolo della stanza indirizzando dei «Buongiorno a lei, signora...». La vivace moglie di un luogotenente parlava con lei con deferenza: le spiegava Einstein.

Era stupefacente!

Vede, Rinette, solo con una disciplina sempre vigile è possibile educare correttamente il proprio pensiero che è comunque ciò che abbiamo di più prezioso. Che dovremmo avere di più prezioso. Ma la gente vuole invece aumentare la propria memoria, le conoscenze e le parole ma non coltivare l'intelligenza. Cerca di ragionare correttamente, non di pensare correttamente. Confonde.

Proprio per questo bisogna amare Ibsen che è tutto teso alla comprensione dell'uomo e rifiutare invece Pirandello e tutte le false vertigini: è difficile. Ciò che è oscuro è più tentante di ciò che è chiaro. Di due possibili spiegazioni di un fenomeno, la gente sceglie d'istinto quella oscura. Perché l'altra, la vera, è semplice e scialba e non fa drizzare i capelli in testa. Il paradosso è più affascinante di una spiegazione vera e la gente lo preferisce. Tutto ciò è molto diffuso. Molti errori di giudizio sono determinati dal bisogno di accaparrarsi le idee, appunto, non per comprenderle ma per esserne sedotti.

Si può andar molto lontano. Si può quasi affermare che ciò che stupisce, che affascina ha parecchie possibilità d'essere falso. La prima dote per capire è una specie di disinteresse, di dimenticanza di sé. La gente utilizza l'arte, la scienza, la filosofia come si utilizzano le gru. Pirandello è una specie di gru...

Cara, vecchia Rinette, mi scusi questa lunga lettera, non me ne voglia. Mi scusi anche per aver parlato di «metafisica da portiera». Non ritengo tali questioni un gioco di società. Le ritengo importanti. Non provo alcun interesse per le belle frasi contraddittorie seguite da concessioni educate. Mi disgustano le persone che in società dicono «ne abbiamo inventate di idee!».

Mi piacciono le persone che il bisogno di mangiare, di nutrire i figli e di arrivare al mese successivo ha legato più saldamente alla vita. La sanno più lunga. Ieri, sulla piattaforma di un autobus, avevo accanto una donna senza cappello, attorniata da cinque ragazzini.

Insegnava loro molte cose, e anche a me. La gente di mondo non ha mai insegnato niente.

Ieri sera ho parlato con una poveretta. Mi ha detto: «Sono indossatrice da Drecoll. Guadagno seicento franchi al mese. Mio marito se ne è andato via e mi ha lasciato con un bambino. Ho dovuto lavorare per mettere mio figlio a balia e mi costa trecento franchi al mese. Me ne restano trecento. Che altro posso fare? Non c'è una sola donna a

Parigi che arrivi a guadagnare mille franchi al mese. E allora faccio la sgualdrina. Provo. Vado a letto alle cinque del mattino e posso dormire tre ore perché poi ho il mio lavoro di indossatrice. Ma me la cavo male. Sono timida, le compagne ridono di me. Ora ho la bronchite e qualcosa al polmone sinistro. Non durerà. Allora entrerò in una «casa» visto che non so adescare e che non ne posso più. Là mi sceglieranno se ne hanno voglia. E cos'altro posso cercare? Vivrò, e anche mio figlio. È già qualcosa.»

In effetti è già «qualcosa», cosa potevo rispondere?

È una storia banale per coloro che attingono a queste storie solo ciò che attingono alle scene di gigolette al Music Hall: un'emozione, una pietà camuffata. Fa tanto 1880, tanto melodramma. Le miserie offrono emozioni allo stesso titolo della metafisica del signor Pirandello. E quella non è neanche più di moda.

Questo mi ricorda una conversazione riportata da Léon Werth: ma insomma, caro signore, se dice di amare gli uomini, perché togliere loro Dio, la consolazione suprema?

— Perché ne cerchino altre, signora, e la lascino scornata.

Lo trovo perfetto.

Cara vecchia Rinette, non bisogna volermene. È vero che sono intollerante, come dice Eusebio, ma non è per vanità o orgoglio, ma perché è appunto questa tolleranza che mi disgusta. Le cose e le idee vanno amate per loro stesse e non per gioco. Sono un orso poco simpatico e ciò mi rattrista. Mi rattrista anche molto per parecchie ragioni.

Arrivederci, Rinette. Voglia credere a un'amicizia che è buona parte di me.

Antoine

Le ho appena telefonato. Le porterò domani il romanzo. Ma c'è Pirandello che mi occupa il cuore e le porto comunque questa lettera.

6

Cercle National des Armées de terre et de mer, 49, Avenue de l'Opéra

Ottobre 1926

Rinette, ho ricevuto le sue parole e ho spedito immediatamente il romanzo. Non ho osato aggiungere alcun commento pensando che il lungo ritardo mi avrebbe fatto mal giudicare e che non avrebbe potuto far dimenticare Pirandello. E così, imbarazzato a mandare quel «piccolo libro», ne ho fatto un «piccolo fuoco»...

Non le ho scritto è vero, ma perché spero troppo nelle risposte e le speranze deluse sono inutili. Mi perdoni. Non creda che sia perché la dimentico. È proprio il contrario. Non è gentile da parte sua dirmi questo.

Non sono andato là pensando che ci sarebbe stata troppa gente. Più assorbente ancora di un fondo di cassetto... Quando ci vedremo ho un sacco di cose da raccontarle. Se gliele anticipo non è più divertente.

Come vede non sono un tipo molto simpatico.

Son buono tutt'al più a pilotare da orso su una qualche linea e il più lontano possibile.

Lascio Parigi domani. Latécoère apre tre nuove linee. In Algeria, in Spagna e Sud America. Mi prende per una di queste e vado ad aspettare la convocazione ad Agay. Ne ho abbastanza di questa Parigi che lascia sempre sperare e non dà mai niente. E poi è tutta colpa mia.

Avrei voluto scriverle una bella lettera, mi scusi. Il mio morale stasera è a terra.

Mi risponderà lo stesso due righe?

Voglia credere a un'amicizia che sicuramente dimostro assai male.

Antoine

Chateau d'Agay - Agay-Var[1].

---

[1] Presso M.me d'Agay, sorella minore di Saint-Exupéry.

7

Société anonyme des grands cafés de Toulouse
15, Place Wilson
Café-Réstaurant Lafayette

[ottobre 1926]

Eccomi a Toulouse, Rinette. Conservo un ricordo povero dei pochi giorni passati a Parigi. Visite, spese, l'esame. Il trasloco dalla stanza d'albergo. Il trasporto complicato di valigie troppo pesanti piene di libri e di un monte di oggetti strani da cui non ho saputo separarmi. Un torchio per incisioni, una macchinetta per fare le sigarette che non mi servirà mai e di cui all'improvviso ho sentito un bisogno irresistibile. E poi, di colpo, quindici minuti vuoti prima del treno. Quindici minuti cavi.

E mentre in questo fine pomeriggio io restavo indietro a tutto, *Eusebio* se ne andava a Fontainebleau, M... andava al cinema e lei al concerto. Ero solo in via Malaquais vicino al telefono morto. Avevo cappello e soprabito e provavo un grande disagio a lasciarli sulla poltrona.

Ora finalmente vengo a sedermi tranquillamente vicino a lei che laggiù non me lo ha permesso. E mi rimproverava di non corteggiare tutta quella gente di cui mi infischiavo altamente e che mi privava della sua presenza — riesco appena a mettere a fuoco il grande rancore che provavo. Forse perché la trovavo sempre così poco generosa di se stessa. La pigrizia di scrivere: certo. Ma si è pigri perché non si ha niente da dire. Se le persone si possono incontrare in gruppo, va bene lo stesso. E io che vengo con tutti questi bagagli che non posso mai aprire. Sarebbe stupido fargliene rimprovero: è mia la colpa di portare tutta questa roba.

E poi stasera provo una serenità filosofica nella pace della lontananza. E ho anche l'influenza. La febbre mi avvolge gradevolmente. Un po' di mal di testa, quel tanto per intenerirmi su me stesso.

E vengo a sedermi accanto a lei, cosa che sicuramente non permette affatto. Le dà fastidio. Ma se sapesse come me ne infischio. Perché stasera me la invento come mi pare e non può immaginare come lei è gentile. In fondo sono le uniche conversazioni che ho con lei. Quelle che invento da solo. E lei ha una pazienza e un'intelligenza: capisce tutto. E io divento loquace: è meraviglioso. Che rivincita mi prendo con la mia amica inventata.

E forse è proprio perché l'invento che tengo tanto a lei. Qualche volta coincide con la fantasia. In ogni caso la alimenta. E il suo pomeriggio musicale conferisce grande vitalità all'amica che ho qui con me stasera. È un po' mescolata a Offenbach, ha il colore delle abat-jour. Non si preoccupi, non le sta male. E poi tutto ciò non la riguarda.

In fondo le scrivo queste cose — che sono vere — per il piacere di indispettirla. In un'altra situazione sarei triste. Ma stasera l'influenza ha tolto importanza alle cose. Non sono capace di reggere tanta malinconia. E così mi è più facile dirle che non è affatto simpatica. Lo dico con malignità, senza amarezza — non le piace procurare amarezza (a lei non piace dare proprio niente).

So bene che ci sono persone che si infastidiscono se si è troppo presi di loro. Lo sentono come una sorta di abuso di fiducia o un ostacolo alla loro indipendenza, o qualcosa del genere. Strano. Io la penso un po' così. E sono molto sfrontato stasera a sedermi davanti a lei e a tenerla prigioniera — qual sorte! E presto prigioniera in Senegal, pensi un po'.

È un vero peccato che qualche volta lei sia capace di farmi un po' pena — e io di proteggermene male. Così l'immagine di lei che è qui con me è leggerissima stasera. Se scrivessi versi, direi cose graziose. Direi «la sua immagine — a capo — pesa il peso d'una colomba...». È affascinante, e gradevole anche. Non so se intende bene quanto sia affascinante. Quest'uccello visto come qualcosa che non dura. Basta fare «Pff...» e si è liberi.

Qualche volta sfortunatamente è una pietra invece. Davanti alla cassetta delle lettere faccio «Pff...». Ma la pietra mantiene il suo peso.

Ecco! Peggio per lei. Questa lettera, del resto, non è indirizzata a lei. E io ho il diritto di conversare con me stesso. Ho tolto un po' di cose dalle valigie ma barando.

E se ora si aspetta che io le dica la data della partenza, che tempo fa e cosa mangerò a cena, resterà delusa. A Saint Maurice ho un grande baule. Da quando avevo sette anni vi ho stipato i miei progetti di tragedia in cinque atti, le lettere che ricevo, le fotografie. Tutto quanto amo, penso, e tutto quello di cui voglio mantenere il ricordo. A volte rovescio tutto sul pavimento alla rinfusa e poi a pancia sotto mi metto a riguardare tante cose. Nella mia vita solo questo baule ha importanza per me.

Il resto, che tempo fa, il menu della cena, cosa sarà di me, me ne infischio.

Non ho più niente da dire alla sua immagine...

Antoine

8

Florida Kursaal
Rue de la Tannerie
Son dancing Ultra-Moderne

Tangeri, 4 ottobre 1926

Rinette, mi è molto dispiaciuto di non aver avuto una sua parola prima della mia partenza.

Lasciata stamattina Toulouse, non riesco ad abituarmi all'idea di essere in Marocco... Niente che fissi l'idea di aver cambiato paese, niente frontiere, niente dogane, nessun filare di alberi. E questo locale è uguale agli altri — salvo che si parla spagnolo.

Domani in viaggio per più lontano.

Quando vorrà scrivermi?

Antoine

9

Société anonyme des grands cafés de Toulouse
15, Place Wilson

Toulouse, 22-10-1926

Cara Rinette,

perché lei non mi accusi di averla dimenticata: queste poche eroiche parole (ho le dita congelate e i numerosi caffè che ho bevuto non mi hanno ancora riscaldato) .

In attesa di partire in ricognizione (viaggio passeggeri Casablanca e ritorno) collaudo i nuovi aerei. Sono molto contento. Ma la solitudine è grande in questo paese. Abbia l'amicizia di scrivermi — non varrà una serata a rue Saint-Guillaume ma sarò contento lo stesso.

C'è un tempo orribile. Nel pomeriggio ho provato un nuovo aereo in mezzo a un diluvio e a cento metri da terra. Lei non avrebbe trovato molto divertente l'aviazione. Sembrava di essere in una vasca da bagno.

Lei è un'amica raffinata ma io so dire così male queste cose. Ma le penso.

Antoine

10

Société anonyme des grands cafés de Toulouse
15, Place Wilson

Café Lafayette [ottobre 1926]

Rinette, lei non è una vera amica. Perché si ostina a non rispondermi? Perché quando telefono mi dice «È lei? Ah sì, buongiorno. Dica in fretta»?

Io sono completamente isolato qui, e lei se ne infischia.

Che succederà tra qualche mese? Gliene voglio più di quanto non creda.

Arrivo da Casablanca. Forse vi tornerò definitivamente. Forse anche in Senegal.

Non le racconto il viaggio perché ha altro da fare. Forse studia anche lei diritto come *Eusebio* che per questo non può mai scrivere (da quattro anni i suoi studi non gli consentono di scrivermi).

Comunque mi scriva prima che sia morto perché dopo me ne infischierei altamente e la lascerei in pace.

Il suo vecchio Antoine

11

Société anonyme des grands cafés de Toulouse
15, Place Wilson

Café Lafayette, Toulouse, 24 ottobre 1926

La prego di scusare le parole dell'altro giorno, Rinette.

Concludo una domenica assai monotona. Una pioggia incessante. Una domenica persa perché mi sono dovuto alzare alle sei per portare un Bréguet a pascolare tra le nuvole. In capo a dieci minuti ha manifestato un desiderio imperioso di tornare alla scuderia. (Eccomi a parlare come l'abate Delille... Ah, la vita di provincia!) E così per dieci minuti di volo, tutta una domenica insonnolita. Ho passato la giornata a comprare fiammiferi, sigarette e francobolli. La tabaccaia qui vicino è graziosa. In camera mia ho già più di trenta scatole di fiammiferi e francobolli per quaranta anni. Malinconico bilancio di otto giorni d'amore.

È affascinante una tabaccheria. Il banco è bello come un trono. Ci si sente lontanissimi e piccoli. Con un fremito ci si sente dire: «quaranta centesimi...» Ognuno raccoglie le parole d'amore che può.

Chissà a cosa pensa una tabaccaia?

Forse a niente, ma non sembra.

Come mi mancano gli amici! Ne ho pochi ma forse per questo ci tengo moltissimo. E se tornerò tra tanto, quando avrò una lunga barba bianca, mi avrete scordato tutti. E ciò mi scoraggia perché non so dove andrò. Alicante, il Marocco o Dakar, al capriccio degli dei.

Quest'ultima frase mi ha talmente intristito che sono andato a telefonarle. Naturalmente non l'ho trovata. Ordinava i cassetti da qualche parte? Sempre, quando ho bisogno di lei.

Sa, Rinette, l'aviazione è una bella cosa. E qui non è un gioco. Ed è così che mi piace. Non è neanche uno sport come al Bourget, ma qualcos'altro, di inesplicabile, una specie di guerra. È bella una partenza di posta all'alba sotto la pioggia. E l'équipe di notte, sonnolenta, la tempesta segnalata in Spagna che sveglierà il pilota, la nebbia sui Pirenei. Poi, dopo la partenza, mentre ci si accinge a risolvere i vari problemi, ci si dissolve nella nebbia. Vorrei essere partito, Rinette.

Avrei voluto telefonare. È vero che non so parlare e avrei detto solo «pronto... pronto...» per darmi un contegno. È triste essere muti. Vorrei essere un bel gigolo con una bella cravatta e una grandiosa collezione di dischi. Avrei dovuto cominciare prima, è troppo tardi. E lo rimpiango davvero. Ora che comincio a perdere i capelli, non vale più la pena di provare. Penso con tristezza alle vetrine dei camiciai e dei calzolai. La mia esperienza mi tornerà utile, se mai mi reincarnassi. Magra consolazione!

Vorrei piacere, vorrei essere considerato affascinante e che le mie unghie riscuotessero ammirazione. Sono il solo a trovare belle le mie mani piene d'olio.

Penso che il mio monologo l'abbia infastidita.

Sono insieme triste e felice ed è difficile esprimere questo stato d'animo con chiarezza e logica. E siccome sono lontano da tutti gli amici e in grande solitudine, mi faccio l'effetto di un bisnonno.

Dovrebbe scrivermi, sa?

A presto, cara Rinette.

Antoine

12

La Ibense
Fabrica de helados finos, casa central
Méndez Nuñez, 4

Alicante [novembre 1926]

Ieri le ho scritto tre lettere e le ho strappate una dopo l'altra. È inutile dire troppe cose. Poi le ho telefonato.

Stasera le scriverò una lettera più distaccata perché mi rendo conto che non bisogna contare troppo su di lei. Sono necessarie troppe condizioni favorevoli perché le sia possibile aiutare qualcuno. Lei non può scrivere «così», me l'ha spiegato ma in fondo non l'ho capito bene. Partivo per un po' più lontano di Asnières o Bois-Colombes. Non è proprio la stessa cosa, Rinette.

Non so bene perché scrivo. Ho un grande bisogno di un'amicizia cui confidare le piccole cose che mi succedono. Con cui dividere. Non so neanche perché scelgo lei. Lei è così estranea. La carta mi restituisce le frasi. Non posso più immaginare il viso chinato che legge, essere generoso del mio sole, dei miei piccoli successi, dei miei sogni. Scrivo una lettera piano piano, per risvegliare, senza crederci troppo. Forse scrivo a me stesso.

Non parto mercoledì ma venerdì. Sono contento benché sia mezzanotte passata. Ricordo le mie fantasie di partenza quand'ero ragazzo. In campagna, sotto una lampada. Quando «i grandi» giocano a bridge e i bambini diventano molto seri, loro. La Cina era verde, il Giappone blu, due macchie intense. Sulla pagina a fronte si leggeva «i Malesi hanno gli occhi neri» «gli abitanti di Haiti hanno gli occhi blu». Certamente sbaglio i colori, ma quella sera ho capito bene che non avevo mai visto dei veri occhi neri e dei veri occhi blu. Quelli che vedevo intorno a me erano delle copie. Allora parto un po' alla loro conquista.

E poi c'è un'altro modo di viaggiare, e ieri sono stato molto lontano. Così lontano che mi sento ancora ai margini, un po' distante e un po' indulgente. Ho avuto la certezza di morire come mai prima, neanche il giorno della caduta. Ridiscendevo di tre miglia quando ho sentito un colpo – ho pensato a un'avaria – e l'aereo ha cominciato progressivamente a non rispondere. Verso le due miglia avevo tutti i comandi spinti al massimo, più nessuna latitudine. Ho giudicato l'avvitamento talmente certo che con la stilo ho scritto sul quadrante in modo visibile «Avaria. Cercare. Impossibile evitare caduta». Non volevo essere accusato di aver perduto la vita per imprudenza, l'idea mi irritava. Ho guardato con una specie di stupore i campi sui quali stavo per abbattermi. Era qualcosa di nuovo per me. Mi sentivo sbiancare, irrigidire per la paura. Una paura senza fondo ma non ripugnante. Una cognizione nuova, indefinibile.

Non si trattava di lesioni e ho potuto tenere fino a terra. Ma non l'ho creduto per un solo secondo. Quando sono saltato giù dall'aereo non ho detto niente. Ero sprezzante di tutto e pensavo che nessuno mi avrebbe mai capito. Almeno nell'essenziale. In quale mondo ero entrato con la frode. Un mondo dal quale non capita spesso di ritornare a descriverlo. E poi l'impotenza delle parole, come raccontare quei campi e quel sole calmo. Come dire «io ho capito i campi, il sole...» Eppure è così. Per qualche secondo ho sentito nella sua pienezza la calma sfolgorante di quella giornata. Una giornata solidamente costruita come una casa nella quale mi sentivo a mio agio, dove stavo bene e dalla quale stavo per essere espulso. Una giornata con il suo sole mattutino, il suo cielo alto e questa terra dove si tessevano tranquillamente dei solchi sottili. Che dolce mestiere.

Ora incontravo per strada gli spazzini che pulivano la loro parte di questo mondo. Gliene ero grato. E dei vigili che assicuravano la pace su un territorio di cento metri. Ed era pieno di senso tenere la casa così ordinata. Ero tornato, ero protetto, amavo la casa.

E lei non capirà, nessuno capirà. E vorrei costringere qualcuno a capire. Perché lei, che se ne infischia? che sarà distratta?

Mi ricorda un volto. Avevo detto qualcosa di così fondamentale per me, di così ansioso che guardavo il mio pensiero continuare sotto quel viso. Leggevo i movimenti e tutto ciò che vi risvegliava. E d'un colpo l'ho sentito svanire. Non lasciava più traccia di piacere né di noia, né sforzo per capire. Ho sentito il momento esatto della distrazione. Una distrazione talmente rapida che aveva un senso e ho pensato a quella espressione meravigliosa «scacciare i pensieri dalla fronte». Un campo di grano che cambia luce.

Mi porto Nietzsche sotto braccio. Mi piace infinitamente quel tipo. E questa solitudine. Mi stenderò sulla sabbia a Cap Juby e leggerò Nietzsche. Ci sono alcune cose che adoro «il mio cuore dove si consuma la mia estate, quest'estate corta, calda, malinconica e felice...» Vorrei che condividesse questa passione con me ma lei non condivide granché.

Antoine

Non credo che mi risponderà benché io parta venerdì, dato che ha fatto il suo dovere se mi ha scritto ieri.

13

Toulouse, 24 [novembre 1926]

Rientro adesso. Niente da parte sua. Non scriva non ne vale la pena. Ecco, per non crearmi attese non le mando neanche l'indirizzo. Sono pietosamente ridicolo. Non ha senso mendicare in questo modo l'amicizia. Io avevo bisogno di scriverle e lei no. Succede. Forse sono ingiusto ma mi mancherà meno ed è meglio così. Non le scrivo più, anche se mi ha scritto, me ne infischio: non è stata capace di farlo neanche la sera promessa. Non so neanche perché questa lettera partirà. L'altro giorno ne ho strappate tre, posso ben strappare la quarta. Bah! sarà il mio addio. E non si senta obbligata a nessun pentimento: ora penso che mi sia indifferente. Il mio torto, Rinette, è di averle chiesto troppo un giorno. D'aver sperato troppo in lei... me ne accorgo adesso ed è un peccato. Perdo qui una bella amicizia e non gliene voglio. È colpa mia se non so tornare indietro e contentarmi di poco.

A.

14

Société anonyme des grands cafés de Toulouse
15, Place Wilson

Café-restaurant Lafayette [dicembre 1926]

Rinette, perdono... Mentre le scrivevo, mi scriveva — e una lettera che mi ha fatto così tanto piacere!

Bisogna scrivermi di tanto in tanto, Rinette... Ho fatto un diavolo di viaggio. Svegliato male alle quattro del mattino a Toulouse, ho ripreso il sonno interrotto a Tangeri. Non ho avuto tempo di adattarmi né alla Spagna né al Marocco. Gli Arabi con i loro cammelli mi sembravano usciti fuori da un circo. Pensi: un viaggio senza dogane, senza frontiere, un viaggio a tremila dove il suolo non scorre. Un viaggio immobile.

È davvero un diavolo di vita trovarsi, in qualunque parte si sia, su un suolo anonimo, uniforme e poi, a un colpo di timone, scoprire un angolo di Marocco, un lembo di Spagna e riportarsi come tutto ricordo un sandwich.

All'andata ho passato non più di dieci minuti ad Alicante. Ma al ritorno vi ho dormito. E ora la

Spagna – tutto quello che ne conosco – è Pepita, la nostra albergatrice. I compagni dicono di lei che è «una gran bella macchina» ma io non la trovo carina...

È strano entrare nei paesi dall'interno, è un po' come nascervi. Non ci sono nomi di stazioni che cambiano suono, non ci sono doganieri né facchini o cocchieri a far gli onori di casa. Ancora storditi ci si trova in mezzo alla vita quotidiana della cittadina, senza transizione. È tanto se ci si entra dai *faubourgs*. Rinette, la Spagna non è altro che un cameriere di caffè e Pepita che non è molto carina.

È quasi triste.

È anche un paese dove le strade sono in cattivo stato e non è proprio il caso di restare in panne. In certi punti si costeggiano attraverso basse gallerie anche scogliere a picco. Un compagno mi diceva giustamente «Qui non c'è da decidere come uccidersi. Si è obbligati ad annegare».

Ancora una parola. Il giorno prima della partenza, la direzione mi fa chiamare per darmi dei consigli. Tra gli altri, quello di non lasciar mai che le nubi ti si richiudano sotto, ma di passarle in tempo attraverso l'ultimo buco, pronto anche a volare a cinquanta metri. (In una regione montuosa come la Spagna, le sommità si immergono nelle nubi e scendendo, guasti o non, ci urti contro prima di accorgertene.) Mi hanno detto «è bello volare con la bussola sopra il mare di nuvole, ma si ricordi: sotto c'è l'eternità.» E ora quando vedo una di quelle bianche distese così dolci, così soffici e penso a quelle parole «sotto c'è l'eternità», provo una sensazione di isolamento difficile da raggiungere altrimenti e che ha del meraviglioso.

Non ritroverebbe l'aviazione di Bourget o la sua mentalità. Qui è tutto diverso. È qualcosa di più duro ma è meglio così.

Quanto a Toulouse – ah! Rinette – vi lascio l'impronta del mio piccolo percorso provinciale. Passo a destra di quel lampione e al caffè prendo la stessa sedia. Compro il giornale allo stesso chiosco e ogni volta ripeto la stessa frase alla giornalaia. E sempre gli stessi compagni, Rinette... finché mi sento addosso, Rinette, un bisogno sconfinato di andarmene e di ricominciare tutto. Allora emigrerei in un altro caffè e inventerei una frase nuova per la giornalaia. Una frase molto più bella.

Mi stanco presto di me stesso, Rinette, e così non farò mai niente nella vita. Ho troppo bisogno di essere libero.

E quei compagni che pensano sempre alle stesse cose, mi avvelenano ed è per questo che ho solo due o tre amici — e con loro sto bene. Ed è per questo che deve scrivermi qualche volta, anche se ci vuole un grande eroismo — perché lei è una grande amica, Rinette...

Antoine

15

Palmarium, Perpignan

[dicembre 1926]

Ah, Rinette, com'è poco gentile con me! Non le scriverò più perché non sopporto la delusione ogni volta che non ricevo sua posta. Per lei non è importante ma io sono solo qui e ogni piccola novità è un piacere per me. E poi lei non vuole conversazioni per lettera. Ma le lettere scritte ogni tre mesi per educazione infastidiscono me. Lei si dice «Dio mio, un'altra lettera cui rispondere». Allora non vale la pena. E magari poi si irrita per qualche motivo: la gente è così complicata.

Non è prudente concedere alla gente il diritto di cui lei parla – di farle un po' di pena. Ne approfitta... Penso di sembrarle completamente idiota a dirle questo. Ma non mi importa.

Sono in panne a Perpignan. Rientro domani a Toulouse. Stasera Perpignan è terribilmente lugubre. Mi sono arrampicato per le sue stradine. Erano piene di mercerie. Non c'è niente di più triste delle mercerie. Le merciaie vendono per tre soldi un po' di filo e per due qualche ago senza nessuna speranza di orizzonti diversi. E quelle che se ne alimentano, passano la vita dietro la tendina di una finestra. Una tendina ricamata. E nelle loro camere il piano del caminetto è tutto pieno di oggetti che hanno un sapore d'eterno, di prigionia eterna. Tutta la loro vita è fatta di abitudini. Una vera prigione. Mi fanno paura le abitudini. Ma certo riscaldano un po' e io ne sono del tutto privo. Domani dormo a Toulouse, dopodomani a Alicante e non mi raccapezzo mai. La vera felicità è essere un bell'idiota che torna dalla caccia, si frega le mani davanti al fuoco dicendo: «Accidenti!». E ci mette un quarto d'ora a caricare la pipa. È anche meglio che essere un gigolò. Stasera ho fatto questa scoperta.

Vista dall'alto, la neve dei Pirenei era rosa. In lontananza anche gli stagni di Narbonne. Non può immaginare! A motore rallentato mi sono lasciato scivolare verso Perpignan che era blu. Era meraviglioso. Ma sembra così retorico a descriverlo. Sapesse come è dolce la discesa quando non temi più i guasti o la nebbia o quelle nuvole basse chiuse sotto di te sulle montagne «al di sotto delle quali c'è l'eternità». Anche se il motore ti abbandona, non importa, sei sicuro di raggiungere il rettangolo verde. Mi appoggio ben bene allo schienale e piloto l'aereo sulla nota del vento nei cavi. Se spingo, la nota cresce. Se lo trattengo muore dolcemente. Poi le ultime case, gli ultimi alberi fuggiti, lasciati alle spalle: l'atterraggio. È stupendo atterrare. Poi la noia. Non ci sono lettere. Le serbo rancore con tutto me stesso.

Antoine

16

Société anonyme des grands cafés de Toulouse
15, Place Wilson

Toulouse [dicembre 1926]

Ho trovato le sue due lettere, Rinette. Non volevo spedire le mie. E poi lo stesso...

Mi hanno detto stasera di fare i bagagli — parto da un giorno all'altro per il Senegal. Sarò là per due o tre giorni o magari dieci. Avrà forse il tempo di scrivermi.

Sono ancora un po' spossato dal viaggio. È stato parecchio movimentato. Ho avuto un maledetto guasto e un incidente nei pressi di Rabat. Non è stata colpa mia. Non avevo un terreno accettabile. L'aereo non assomiglia più molto a un aereo ma io non mi sono fatto niente. Neanche una contusione.

In Spagna ho trovato la tempesta. Ci ho ballato dentro *nove ore*. Nove ore nello stesso giorno da Alicante a Toulouse. Può immaginare se ero a pezzi.

E ora mi sento un po' svuotato all'idea di volare di nuovo. Il giorno della partenza andrà meglio.

Addio, mia cara Rinette.

Antoine

17

Alicante, 1° gennaio 1927

Sono le due del mattino, Rinette. Sono sbarcato da Toulouse nel pomeriggio dopo un viaggio senza storia. Che tempo fantastico. Alicante è il punto più caldo d'Europa, il solo dove maturano i datteri. E anche io, quasi, sotto quel cielo chiaro. Passeggio senza cappotto, stupito di questa notte da Mille e una notte, delle palme, del tepore delle stelle e del mare tanto discreto che non lo si sente neanche, che non si vede, che respira appena.

Saltando giù dall'aereo mi sono scoperto giovane. Avevo voglia di stendermi nell'erba, di sbadigliare con tutta l'energia e di stirarmi — due cose piacevolissime. I sogni più vaghi quel sole li favoriva, li faceva schiudere. Avevo mille motivi di essere felice. E anche i cocchieri. E anche i lustrascarpe che strofinavano con cura e accarezzavano le scarpe e ridevano quando avevano finito. Che primo dell'anno pieno di promesse. Che ricchezza del vivere oggi.

Mi ero giurato di non scriverle più. Ma ho

appena dato tre sigarette a un mendicante perché aveva un'aria così felice che ho voluto prolungargli quell'espressione.

Mi sento pieno di bontà e di indulgenza. Allora la perdono. E poi... l'altra sera ho telefonato a Bertrand con tale ipocrisia da non volermela neanche confessare. E lei mi ha ammansito e sono diventato umile. In fondo è dolce lasciarsi addomesticare. Ma lei mi costerà altri giorni tristi e io ho torto.

Rinette, non sono cattiverie quelle che dico, queste cose sono più importanti per me che per lei. Non è giusto che io ripaghi con qualche cattiveria una semplice pigrizia. Anzi è dolce. Ma lei non sa comprendere.

Mah, per il momento ascolto una pianola... È meraviglioso. E tutte le Spagnole diventano delle eroine d'opera. Per la pianola. Una piange in un angolo e vorrei proprio sapere perché, dato che è la sola qui.
Cinque o sei compagne la consolano gridando tutte insieme. È una gran gazzarra. Ma lei non vuole capire che è felice. Ci tiene al suo piccolo guaio.

Addio Rinette. Rientrando forse troverò una sua lettera. Torno a passeggiare nell'intimità degli Spagnoli. In questa atmosfera magica tutti hanno un segreto, ma fa lo stesso. Ci si guarda e ci si sorride. E per sorridere non è necessario sapere lo spagnolo. E allora parlo...

Ho la carta da lettere con me, se mi viene voglia di scriverle ancora stasera.

E se non scrivo...

Antoine

18

La Ibense, Fabrica de helados finos
Méndez Nuñez, 4

Alicante, 2 gennaio 1926 [1927]

Rinette, continuo su Casablanca per un guasto dell'aeropostale. Sono contento.

Fa sempre lo stesso tempo ma sono un po' giù di corda per colpa dello stomaco. Ho voluto assaggiare un po' di Spagna e ho provato tutti i piccoli orrori che ti offrono sulla terrazza dei caffè. Ho cominciato con una decina di polipetti. Ho continuato con delle strane fette di torta tagliate da grandi blocchi. Da fuori fanno un gran bell'effetto.

Dall'interno molto meno.

Mi sono appena fatto ritrarre in pose assai nobili da tre fotografi ambulanti. Non sono bello, e un compagno mi ha fatto notare amabilmente che «comunque avrebbero potuto far meglio». Ma sono appoggiato a una palma. C'è almeno lo stile. Poi ho fatto una passeggiata al mare.

E ora vado al cinema. Dopo di che vado a letto e domattina parto per Casa.

Rinette, vecchia mia, mi scriva.

Antoine

19

Casablanca, 3 gennaio [1927]

È ancora l'una del mattino. Parto tra cinque ore ma non ho sonno. Però, saggiamente, mi sono coricato.

Mi sembra che mi piacerebbe scriverle. Penso che lei a quest'ora dorma e così posso raccontarle tutto quello che mi passa per la testa.

Fa brutto tempo. Il vetro sbatte con ritmo bizzarro. È il linguaggio degli spiriti. Cerco di decifrarlo ma non ci riesco. Eppure vorrei sapere tante cose.

I rari taxi che ancora girano, fanno un rumore lugubre in una città che dorme. Non mi piace neanche il suono dei passi per strada. Tutto ciò che mi circonda mi innervosisce e invece potrei essere felice.

Ho una bella camera. Peccato che abbia messo le scarpe sul tavolo. Mi rovinano la vista.

Rinette, la notte io sono un altro. A volte mi prende l'angoscia quando sono a letto senza riuscire a chiudere gli occhi. Non mi piace che mi abbiano annunciato la nebbia. Non voglio rompermi le ossa domani. Il mondo non perderebbe granché ma io tutto. Pensi a tutto ciò che possiedo di amicizia, di ricordi, di sole ad Alicante. E il tappeto arabo che ho comprato oggi, che mi grava di un'anima di proprietario, io che ero così leggero, che non possedevo niente.

Ho un compagno, Rinette, che si è bruciato le mani. Non voglio che le mie mani si brucino. Le guardo e le amo. Sanno scrivere, allacciare le scarpe, improvvisare opere che lei non apprezza ma alle quali sono affezionato, ci sono voluti vent'anni di esercizio. E talvolta imprigionano dei volti. Un volto. Pensi.

Rinette, stasera sono irrequieto come una lepre e non mi piace questa storia di Dakar. È quello che si dice qui «è in ebollizione. I prossimi piloti in difficoltà finiranno massacrati dai Mori». Massacrati dai Mori... Non mi piace che questa frase mi ronzi nelle orecchie di notte. Tutto mi sembra fragile di notte. E tutto ciò che mi lega a coloro che amo. Che dormono. Sono più preoccupato di un'infermiera, quando veglio dal mio letto la notte. Quando li veglio. Custodisco così male i miei tesori.

Sono un imbecille. Di giorno tutto è semplice. Mi piace partire e rischiare. Mi piace di giorno, ma non di notte.

La notte divento più sensibile e mi compiango da solo.

Bisogna che le racconti un'altra cosa triste. Avevo un amico meraviglioso che è morto tre mesi fa a Tangeri. Ho fatto uno strano pellegrinaggio a Tangeri. L'ho cercato. Dove potevo. Ho pensato alle donnine dei bar. Era delizioso: sicuramente piaceva.

Rinette, ne hanno avuto cattiva cura. Sono state infedeli, hanno lasciato svanire tutti i ricordi preziosi. Eppure era lì che dovevo cercare, era lo sforzo più fedele perché si dà a chi si può ciò che si ha da dare di se stessi. E la sua famiglia era composta di imbecilli. Ma quelle a volte non conoscono il prezzo di ciò che si dona loro. E ciò che lui aveva di più affascinante e di più spirituale, gliel'hanno rubato senza meravigliarsene.

Mia cara Rinette, la vita io non la capisco.

Bisogna che la lasci, purtroppo. Quel paio di scarpe mi disturba: vado a spegnere.

Antoine

20

Hotel Excelsior, Place de France
Casablanca

[14 gennaio 1927]

Rinette, avevo lasciato Toulouse per un giorno e sono cinque giorni che navigo alla mercè degli dei. Non so più bene dove mi trovo. Ieri ho pranzato ad Alicante e cenato a Malaga. Forse a Toulouse c'è una sua lettera. Matura dolcemente nella mia cassetta delle lettere. Vi sentirò un gusto speciale, le farò dire mille cose che lei non mi ha mai detto.

Leggo le lettere a tradimento. Cerco di rintracciarvi e il broncio e l'intonazione e il sorriso. E mi dispero di non saper pronunciare «fa bel tempo», può voler dire tante cose. Come «piove». Può voler dire «che allegria! piove. Piove ma me ne infischio...» o anche «Dio come lei mi secca» o ancora «le scrivo ma non so neanche perché. Non ho niente da dire. Piove».

Ed è sul tono che gioco.

E ho una lettera che aspetta a Toulouse.

E anche camicie e colli e fazzoletti. E sapone naturalmente. Per tutto bagaglio ho portato con me solo lo spazzolino da denti e un pettine. (Un pettine per due persone. Adoro questa nota), tutto ciò che poteva servirmi per Perpignan — dove andavo. Ma sono alla mercè dei venti e sogno della biancheria pulita, l'acqua di Colonia e un bagno. Un sacco di cose che sanno di fresco. Ho bisogno di rimettermi a nuovo. Sono pieno di olio e segnato dalla stanchezza.

In compenso ho una scriminatura perfetta, grazie al pettine che mi sono portato.

Ho ancora la testa piena del volo del pomeriggio, tanto sono sfinito. Le discussioni con il paesaggio. La strada secondo la carta dovrebbe tagliare la ferrovia. L'intersezione è un punto di riferimento. Invece le si avvicina, la sfiora e se ne allontana. Se ne infischia di noi e della carta e allora via con gli improperi. «Quante storie! dài. Attraversa...» Offesa piega a sinistra. Dove diavolo siamo?

E la foresta che sembrava tanto fitta. Che sulla carta faceva una gran bella macchia verde. La cerchi ma è ben lì. «Ah, saresti tu la foresta? Non l'avrei mai detto. Sei divorata dalle tarme.» E guardi con pietà quella stuoia sguarnita che è verde solo sulla carta.

Non le parlo degli dei ostili delle montagne. Sei pronto per superarle. Sei a tremila, fiero. Ma gli dei ostili ti tirano per i piedi e l'altimetro scende precipitosamente «3000... 2500... 2000... 1500... 1000...» e anche tu, fai un mezzo giro perché la montagna è ora più alta di te e gli dei ostili se la ridono. Cerchi di fuggire per la vallata con lo stesso senso di benessere della frittata nella padella, gli dei ostili infatti giocano a tennis, e la palla sei tu.

Ieri per cinque volte ho superato di tutta la testa il piano superiore. Avevo una passeggera al diciannovesimo svenuta. Certo non è più il Bourget...

Poi dopo qualche tempo ti siedi con un sorriso stampato in viso.

Rinette, sono ubriaco di sonno, muoio di sonno, cado dal sonno. Ogni frase che dico sfuma in sogno e a lei non arriva che una faccia. E mi dispero di non ricondurre alla superficie niente di ciò che credo di dirle. Non sono più sicuro di essere a Casablanca. Non sono più sicuro della sua esistenza. Mi lasci andare a coricarmi o mi addormento davanti a lei e non sarebbe educato.

Rinette, non ne posso più. Sono stato eroico a scriverle.

Antoine

21

Panorama di Lisbona (Vista dall'aereo)
Cartolina

Lisbona, 12 settembre 29

Amica mia,

parto — ahimè — per l'America del Sud. Ho passato a Parigi due giorni malinconici: non ho visto nessuno. Questa partenza è così improvvisa! Voglia credere a tutta la mia amicizia.

Antoine

22

Passage Guemes, departemento 605
Calle Florida

Buenos Aires, 13 gennaio [1930]

Rinette, che sorpresa! Non mi aspettavo proprio una sua parola.

Sicuramente mi ha portato più di quanto non pensasse. Detesto talmente l'Argentina dove vivo — e soprattutto Buenos Aires — che è stata una specie di invasione di mille cose meravigliose e dimenticate. Porto, grammofono, conversazioni serali tornando dal cinema. E il cameriere del Lipp, e *Eusebio*, e la mia affascinante miseria che rimpiango perché colorava diversamente i giorni del mese, dal primo all'ultimo. Ogni nuovo giorno recava un'avventura entusiasmante — e il mondo era meraviglioso perché desideravo tutto, dal momento che non potevo avere niente. Allora ti sembra che il tuo cuore sia immenso. Ora che ho questa bella valigia di cuoio che sognavo, questo cappello super morbido e questo cronometro a tre lancette, non ho più niente da desiderare. E in questi mesi, senza fine-mese, che brutto ritmo ha la vita, come è squallida.

Ma soprattutto non mi faccio più l'effetto di un'ombra leggera (impressione che avevo, del tutto personale), mi sento appesantito e invecchiato da un ruolo che non ho desiderato — sono infatti direttore della Compagnia Aeroposta Argentina, filiale dell'Aeropostale e aperta per le linee interne. Ho una rete di tremilaottocento chilometri che mi succhia, secondo dopo secondo, tutto quanto mi restava di giovinezza e di amata libertà. Guadagno venticinquemila franchi al mese e non so che farne, spendere mi affatica, e comincio a soffocare in una stanza dove accumulo mille oggetti che non mi serviranno mai, che mi diventano odiosi appena sono miei e di cui tuttavia continuo ad aumentare il mucchio. — Inconsapevolmente faccio offerte a un dio sconosciuto.

Abito un piccolo appartamento in un edificio di quindici piani: sette sopra di me e sette sotto e un'enorme città di cemento tutto intorno. Avrei la stessa sensazione di leggerezza al centro della Grande Piramide. Avrei la stessa sensazione di belle passeggiate da fare. Purtroppo qui ci sono in più anche gli argentini.

Mi chiedo se la primavera può penetrare attraverso le migliaia di metri cubi di cemento. Penso che a primavera un geranio in vaso sulla finestra, muoia. Amavo tanto la primavera a Parigi. Quella gioia di vivere che mi prendeva e che penetrava allo stesso tempo i castagni del boulevard Saint-Germain. Quella sensazione inesplicabile di presenza diffusa dappertutto.

Ma non so se rimpiangere Parigi: adesso mi ci sento talmente poco a casa, la gente è così occupata in tante cose che non mi riguardano. Mi riservano lembi del loro tempo: io non ho più il mio posto invisibile e si sente terribilmente.

La mia unica consolazione è quella di pilotare. Faccio ispezioni, esperimenti, esamino la possibilità di linee nuove. Non ho mai volato tanto. L'altro ieri sono tornato dall'estremo Sud: 2500 chilometri in un giorno, una bella corsa, no?

È la prima volta dopo Dakar che posso parlarle senza amarezza. L'avevo davvero con lei. È strano come lei riesca a non capire niente quando vuole. Eppure le cose lontane sono inoffensive. Ero un ragazzo folle e ridicolo. O piuttosto, prima di Dakar, un po' incantato dalle illusioni della giovinezza. Dalle sue promesse. Lei, lei era davvero saggia. Almeno così sembra a me. Dapprima mi ha fatto male, poi bene. Ora va.

Eccomi tornato amaro. Contro la mia volontà. Mi sembra di difendere il ragazzo che ero...

Mi dica quando arriverà: chiederò alla Compagnia sorella da cui dipende la linea di Rio di farmi fare un postale: andrò ad aspettarla o a prenderla. Sarò premuroso. La porterò a bere, le leggerò il mio secondo libro, la inviterò a pranzo e la farò volare su Rio. Forse mi verrà un po' di malinconia, per il ragazzo che ero.

Verrà anche in questa orribile città? Conosce Buenos Aires? Non ricordo. Se verrà ne sarò felice.

Scriva via aerea. Non vale la pena che ci affatichiamo tanto a trasportare i sacchi postali se poi le lettere che ci mandano viaggiano per nave.

Arrivederci, Rinette.

Antoine

23

[18 luglio 1930]

Come Rinette? devo venire a sapere per caso che è a Rio: non me lo ha neanche detto. Sarei potuto venire la settimana scorsa senza difficoltà.

Forse potrei venire ancora ma sicuramente sarà impegnata in pranzi, cene e serate e sarà inafferrabile. E poi sembra tenerci così poco.

Se l'aereo che viene dal Nord non è ancora passato, forse avrà il tempo di farmi avere due righe.

Lei è mescolata a una tale quantità di ricordi, è una parte così importante della mia vita passata che mai riterrei possibile andare in Francia e non vederla.

Lei viene a Rio e lo ritiene possibile. E, è strano, mi sento un po' invecchiato a vedere tutti i ricordi invecchiare.

Antoine

24

Aeroposta Argentina
Reconquista 240

Buenos Aires [25 luglio 1930]

Rinette, le scrivo ancora una parola. Non so se potrò più venire a Rio. Ho perso l'unica occasione che avevo, la settimana scorsa quando non sapevo che lei era lì. Mi rattrista un po'.

Quando mi risponderà?

Rinette, conosce la mia amicizia di sempre.

Antoine

25

Agay (Var)

E allora... Saggi propositi, lettere strappate, in due anni quante lettere strappate, e poi a mezzanotte, vicino al fuoco, ecco tutte le decisioni prese che cedono. Mi offro il lusso di una piccola imprudenza e di una completa piccola sconfitta. E bevo un thè ben zuccherato. E mi lascio penetrare dal profumo di eucalipto e resina che emana dal fuoco. E credo perfino di star sorridendo dolcemente sotto la barba, perché non mi vergogno...

Ma cosa raccontarle? Sono saggio a metà. Accanto a lei, stasera sarei rimasto in silenzio, per un'ora. Tutto occupato a non denunciare un pensiero addormentato, ad assaporarlo senza dirmelo. Dolce fin tanto che rimane addormentato. Mi ha insegnato a barare con me stesso! Così devo scriverle una lettera che non significhi assolutamente niente. Quattro passi in giardino. O anche una lettera da risveglio, quando ti stiri e non sai ancora

---

Non datata. Presumibilmente della primavera del 1931.

bene perché è bello vivere.

Voglio soprattutto non aspettarmi niente. A Toulouse ero spinto ad ogni ora dall'estremità della città verso la cassetta delle lettere. A volte rientravo dal Marocco dopo tre giorni di assenza. Tre giorni infiniti durante i quali tutte le donne del mondo avrebbero avuto il tempo di scrivermi. Avevo delle chances, per una sola! Mi piaceva dare questa libertà di tre giorni.

Mi preparavano una sorpresa e io me ne andavo a fare una passeggiata per non rovinarla. Ingenuo! Ero davvero un ragazzo infelice. E la sera, dal Café Lafayette scrivevo delle lettere: le frasi erano senza importanza ma in esse nascondevo i miei segreti, nei toni delle parole. E quando dicevo «Alicante», Alicante con quel suo sole e quelle arance... Era così sorridente, trasparente quanto un volto! E quell'inverno, tutte le primavere che denunciavo nel mondo — su Malaga, su Cartagena — tutte quelle primavere che confessavo... Ero pazzo.

Perché ciò che si voleva era soprattutto non capire niente. I miei segreti così poco difesi non avevano niente da temere. Più tardi, in Senegal, mi si scriveva «Mi scriva presto ancora altre lettere, mi piacciono tanto le sue lettere...» E io ero geloso delle mie lettere, ero come quel brav'uomo che per delicatezza aveva offerto per falsa una pietra vera. Faceva comodo, veniva ringraziato della pietra falsa «Me ne mandi presto ancora un'altra...» E

«Che asino, non me ne manda più» Povero bra-v'uomo.

Certo. Avrei preferito essere fatto in mille pezzi piuttosto che scrivere.

Ma la saggezza degli anni, i tanti diversi percorsi, o ancora i Casablanchesi, o forse una certa vecchiaia del cuore, insomma tutto insieme... Ormai nulla ha più importanza forse.

Sicuramente sto anche un po' mentendo.

Sicuramente c'è stata la complicità poco leale d'una canzone della «Vie Parisienne» e il tradimento d'un'altra canzone sulla chitarra. Quella che certamente cantava Dalila per tagliare i capelli di Sansone. Sansone sospettava l'inganno, pensi! Ma quell'aria gli piaceva assai più dei suoi capelli.

La notte continua dolcemente e dolcemente io m'addormento. E diffido delle mie confidenze. Mi preoccupa la dimenticanza dei miei rancori: è grave. Ma forse anche sono lusingato della mia debolezza. Non voglio sapere se sono o no caduto nella trappola, Sansone che non osa muoversi, rompere il filo, Sansone stupito di essere quel paggio caduto in una rete d'uccellatore.

Antoine

INDICE

Stampato dalla Tibergraph s.r.l.
Città di Castello (PG)